やうやう

永作博美

ゆうべ私は飲み過ぎた。

とても残念なことがあり、しかも都合良く仕事のきりの良さもあった。

だから散々に泣いた。

その次の日である。

昼過ぎに疲れ果てた状態でダラダラと起きた。何もする気はない。ただじっとしていた。日が変わっても変化のない頭の中を何か違う情報にしたくてテレビをつけた。すると、聞いたことのある曲が流れ、見たことのあるファミリーが出てきた。とても愛らしいファミリー、そうアダムスだ。


なんだかんだで観たことないなぁ……。


そのままやる気のないまま見続けた。また暫くして、とにかく停止状態の私はその日はじめて顔の筋肉を使ったと思う。

笑った。

突然笑ってしまった。それは、上のお兄ちゃんとお姉ちゃんが自分達の今後の安泰のため、弟（赤ん坊）の顔に、なぜか落書きをしてギロチンにかけるところ、であった。

が、しかし、さすが命を狙われるだけありますな。念力とケタケタと弾ける笑顔で跳ね返しておりました。

その落書きされた顔。不意打ちだったその顔に笑ってしまったのだ。
空っぽだった私にズキュンと吹いた新しい風は、鏡に伸ばす手を待たぬまま、私の顔にほぼ同じ落書きを施した。
それはそれは、ものすごい勢いだった。

私はそのまま一日を過ごしていた。すっかり忘れていた自分の顔に、改めて不意打ちを食らったのはそろそろ寝なければ……と風呂場手前洗面所の鏡を覗いた時だった。
そしてまた笑った。
でも、こんどはなんだかゆっくりだった……。

これは一番最近の一人遊びです。

それでは
どうぞ
気の向くままに。

押しては返す潮の流れの中で
時には戯れ
時には向かい
時に遊ばれ
時には任せた。

笑う。
　　時々叫び。

何度でも満ちる潮は
いつからか
微妙な変化をくり返し
決めることを知らない。

押しては返す。
流れは続く。
大差なく。
終わりは決めない。

ほらね、だから。

「おまえはなぜそんなに急ぐのか」

急ぐとあぶないから
痛いから

ほらね　だから
手当してあげる
そっとあたたかく
やさしく手をあてて

ほらね　だから

気持ちいいでしょ
眠ってもいいよ

だから　だから
ちょっと休んで
お願いだから
ちょっとだけ

恋をした。

今はじまる。はじめまして。
顔を出してはあらゆるものを照らし続け
そのうち顔を赤らめて隠れてしまう。
その偉大さと、照れる顔が好きです。

始まったはず
が、始まらず。
私は今日も「はじめまして」

私はここにいる。
こんなに近づいた。
こんなにきれいな色で。

私はここにいる。「さようなら」

私はここで
相変わらずはじめまして。
　さようなら。
はじめまして言えずに
　さようなら。

1997　5月1日

楽に息すれば。
深呼吸しろよ。

5月8日

なんか今日は自己嫌悪だ
嫌悪感だけが残る

あああぁ　嫌――な気持ち

とにかく冷静になれ

衣　食　住

「何を見てる。」

「　　　　。」

「何を見てるんだ。」もう一度たずねた。

「　　　　。」

一向に
一瞬たりとも
私から目をはなさない。

仕方なく私も奴をジッと見続けることにした。
売られたケンカはとりあえず買わなければならない。

こちらがハラを据えたところだった。
突然　私を指して
「お前は何だ。」

「！！」
びっくりした。
自分から聞いたくせに
驚いた。

そんな自分に笑いそうになった。
が　しかし
必死に押し込み

驚きを隠せぬまま
「お前こそなんなんだ。」

「私は私だ。」

わたしはわたしだ。

ワタシ？

ワタシが二人いる。

「いや二匹だ。」

そいつが言った。


ねこだった……。

人が何を考えているかなんてわからない
自分がこう思ってやったことを
人もこう思ってくれるとはかぎらない
なんて思っていると
仕方のないことなのかなと思うが
そればかりではすまされないようにも
思い、じゃあなんなんだーーー。

と思えば思うほど
どうしようもないじゃないかと思う。
まだこの方がなっとくいく気がする。
それは仕方の「し」と、どうしようの「ど」
だけとってみると明らかである。

どうしても『ど』の方が強さを感じる。

○○○○○○
○○○○○○○○○○○

だから今日はどうしようもないことでやめておいて
また機会があったら考えることにする
ことにした。
これについてはやめることのできないぎもんなのだ。

人との関係については。

みんなおんなじなんだよねぇ
みんなたいした自信なんてなくて
確実なものもなくて
自分の話なんて楽しいのか?.?.?.
なんて思ったりして
でも人は普通に見えて
みんな自信有りげで
自分だけ欠けてるものが
たくさんあるように思えて

何かいる?!
クリスマス用に買ってきた柊の包みが
カサッ　カサカサッ?　バサッ?.?.
と動いた?
何か居る。
ちょっとこわかったがソーッと
覗いてみた。
「…………」

何も見当たらない。
…………覗いたかぎりでは。

（笑）

ほんとすばしっこいな。
子供の頃に読んだ小人たちは
みんな人間に見つからないように必死で
とてもかくれるのが上手いと書いてあった。

でもさ
たまにはドジな奴とかいてさ。

こんどかえるとしたら
空よりも海にかえろうと思う
羽を持ってみるのもよさそうだが
空はあるていど想像できるし
だいいち障害物が無さすぎる

こんどかえるとしたら海にかえろうと思う
ずっとずっと奥底まで見てみようと思う
まだ見たことのない
いろんなものを見てみようと思う
さんざん嫌ってしまった海は
私を迎えてくれるのだろうか

どんな顔をして

傷口

打つ。
あふれる。
なめあう。
強く。
するどく。
青く。

みんな何を思って生きてる？
私は何を思ってる？
みんながんばろうとしてる？
がんばるってなに？
涙すること？
汗を流すこと？
それもあり？

そりゃあるさ。
涙はいいさ。
汗はいいさ。
黄色もいいよ。

心地よい歌がブチッっと
途切れるのは悲しいです。
淋しいことです。
辛いことです。

そしてその時
涙が流れるのは仕方のないことです。

人を当てにするのはやめよう。
期待するのも。

それってさびしいな　と思ってたけど
そんなこともない。

自分を大切にしてあげよう
と
思えたことは良かったと思う。

ススムとイウコト

何か言おうと、自分の思いを伝えようとした時に
どこかで誰かを批判してしまう
ことがあって……。
仕方のないことなんだなぁ。
と思うようになったきた……。

このあいだ
大人になるのが嫌だ
と言っていた若者であろう彼は

ちょうど
そういうのに気づきはじめてきた頃なんだろう。
気づきはじめは、なにかと辛いものらしい。

憶えのある言葉と
今この時を呑み込んで。

ある時
気づきはじめは、なにかと辛いもの。
だと思う。

なんでも器用に出来ることと出来ないこと
どちらがいいのか　と考えた。
それは絶対に後者だと思う。

器用に何でも出来るより、一つ二つとゆっくり
感じて進みたい。

何かを一つ。だって…確実に。なんて…
…夢みたいな話……
ならば心底に　豊かさを求む。

たくさんはいらない。
本当のことだけほしい。

本当のこと　って？

もう少し、
踏み込んでおかなければならない場所
が
あるような気がする。

はるか

（こわれそうなものは　こわしたい）
（こわれちゃいそうなものは　こわい）

アタシの人生　跳び箱の５段　から始まったな

まだまだアマイ
きまぐれな

はるかそのかべ
どんなかべ

色んなものが変わってく
同じ今日も二度と来ず
明日の朝焼け　はてきれい？

トーク番組なんてやってると

トーク番組なんてやってると
人ってほんとおもしろいと思う。

そしてみんながおもしろいと思う以上に
たまに自分がよく見えてきたりするからまたおもしろい。

自分のとげとげがこういう時に出てくるとか
それぞれ人の明暗の違いとか……
相手が聞いてないのかと思ったら
ほんとは自分が牽制してたりとか

そして
あとで
自分に
おどろいちゃって。

ほんとに
私はバカか。と思ったりする。

何が咲くかはわからないけど
どんなのが咲くか自分で確かめたいから
責任持って見届けようと思う。

咲くかどうかもわからないし。

グロテスク

恋をしました。
私に気づいてほしくて
いつもあなたを見ていました。
だから
誰よりも目立つ色を身につけました。
誰とも違う形になりました。
誰よりも大きくなりました。

気づいたらあなたに似ていました。
「あなたを見つめています」

ずっとずっと
「あなたを見つめています」

ひまわりの花言葉
〈あなたを見つめています〉

何かを奪われた。
私は何も変わっていない。
何かを
奪われたはずなのに。

奪われたはずなのに
満たされたようだ。
不思議なことだ。

感動とは
凄いことだ。

まくらは飛んでゆく
マニキュアは赤がいいと思った
空には天使
いるのは誰？
おやすみなさい
おはよう
夕日が大きくて　こっち向いてたから
画用紙持ってきたの
ごめんね
あああーーああーーああーー
いったいこれは何色なのさ

酔い冷ましに空を撮った

ごめんなさいよお　ごめんなさいよぉーー

そんな急には恥ずかしいわさぁ

そりゃそうだ
うまくも撮れないし
うまくも撮れなくて
ごめんなさいよぉ

they hope.

排水口に落ちた種は
どうやってここから抜け出せるかを考えた。
「ぼくの人生これからだからさ。」

って

幾つか脱走してると思うんだよねぇ……。

だって種なんだもん。

プライドというのはすごいです。
誰もが持っているので
あらゆる場面があるので
どうにも分けることはできませんが、
もちろん　私も持っていて……。

ある時、あの日、こんなプライドが……。
なんて思うと、
とても　フオオオォォッォ、
と素敵な思いになります。

プライド。

いいですねぇぇぇぇーーー。

でも
私は
なんか　嫌　です！

中途半端なことは　おーけー
何が悪い　のさ

だから
あんたの意思を聞きたい
の

飲めば飲むほど
目がまわり
酔えば酔うほど
冷静に
プラマイゼロのおそろしさ

雨が降る

雨は降る

上に上がれず
空気に押され
棚引いた

白く細く上に上がるはずだった

白く上へ

高く細く

湿り気重く
まとわりつく
白く細く
少し上がって
凛とゆれる

何を思う

傷つきたくないから先に
人を傷つける
自分を守る術を
とりちがえ
大好きな人の守り方すら
わからない

人を愛するということはほんとはすごいことなのかもしれない……

いや

本当にすごい

こと

だよ

骨粗鬆症

ほんとうは何もしていなかったのかもしれない。
はずかしいと感じてしまうから　踏み込まぬよう　感づかれぬよう
その段をはずして上《のぼ》ってゆこうとしていたのかもしれない。

その段の踏み心地を
知らずに、感じずに、
ただ　進んでゆく……
その隙間がどんなものなのか。

それがどんなに虚しいことか。
一つとび、二段とび　3つ　よっつ。

それくらいなら飛び越えるのは簡単だった。
楽だった。
飛んでしまったほうが。見ないふりをするほうが。

あんまり楽だったからどんどん飛び越したら
踏まなかった場所が、どんどん腐ってきて
骨粗鬆症の骨みたいになって
いまにも崩れそうになっていた。

ほんとうは　何もしていなかったのかもしれない。

まだ間に合うかな……。

さんざんヘバリツイタ虚勢とやらを剥がせるのだろうか。

はずかしい時は恥ずかしい顔をし、痛い時はイタイという。
くやしい時には涙をながし、にくいものにはにくい　と
心から思えるだろうか。

そういえば
骨粗鬆症気味だといわれた母は
「骨にはカルシウム!」ということで
毎日　張り切って牛乳を飲み始めた。

まだ間に合うかなぁ……。

やるだけやってみよう。

ひとと話したくない
話せば話すほど自分の空っぽさに
嫌気がさす
自分を嫌いになってゆく
人と会いたくない

会えば会うほど人に嫌悪感を
あたえてる気がする
これは逃げなのか

いや
逃げではない
こんな自分を
うめたいから
またしばらく
自己に入る

少しだけ良かった。

私が感じ取れなかった
あの日
あなたが持って来たモノ。

突然

時が遡って
〝さびしい〟

という感情が生まれた。

大きさは全然違うと思うけど
もう遅いかもしれないけど
私が感じ取れなかった
あの日
あなたが隠し持ってたモノ
に
少しだけ。
近づけた。

少しだけ良かった。

表裏が一体となって前に膨れ上がってくる感じ。
表裏が混じり合って
どちらが偉いとか
甲乙も無く
表も裏も
おんなじチカラだった。

どんどん大きくなってゆく。
限り無く。

ヒドいことも
すてきナことも。

そこにあるもの、
私のまわりにあるもの、
すべてが当たり前だと思ってた。

人って人傷付けてからそれに気付いて
そこではじめて自分も傷付いて
それから、どうしようって、思うんですョ。

あたしね、
あんまり木が大きくなっちゃったんで
窮屈だろうと思って、株分けして
安心してたんです。

そしたらなかなか大きくならなくて。

駄目かなって思ってたんです。

でもね
一年くらいしたある日、そいつから小さいつぼみが
ニョキって出てて……。

あたしフッて笑っちゃったんです。

つぼみ付けてることに気付かなかったんだなぁ、
あたし。

……って。

心の流動は大切なことです。
止めちゃいけません。

私がこの仕事をしている理由が
見つかった気がする。

私はある日
ある山に囲まれた畑の真ん中で仕事をしていた。

レタスが物凄い勢いでずらーっとはえてて、
すごい。。 きれい。。。 生きてる。。。。。

おいしそう

いけない　いけない
レタス泥棒しそうになってた。

それくらい

おいしそう　に　あおあお　してたから。。。

6月

そこまでしがみつきたくないんだ。
そこまでほしいものもないし。
ほしいもの以外いらないし。

ジョー

なんかもっと楽に生きようよ。
とか思って。
誰と何と戦うのか決まってもないのに
ずっと戦闘態勢でいるのは疲れるって。
あんまり力入ってると
自己防衛的な意識が
勝手に生まれて
余計にやり過ぎちゃったりとか
やり足らなかったりとか
表面だけで滑ってる？

みたいなことになってて。
皮が固くなってるからさ
スイスイ滑るよ。

でも
自分じゃ、そうでもないかって
思い込むように頑張って、
それでもやっぱり
また　ため息ついてること
人はあまり言ってくれないからさ。

判断能力鈍る前に。
もう少しだけ　楽に生きる方向で。

8月19日

ほんと今日の空うろこだった。
今日の夜はちっとも寝苦しくもない。
っていうか朝だ。

やっぱりもうそろそろ秋かも。

運動会はやっぱり秋がいいと思う。

9月23日

久々の太陽が気持ちいい。

心底応援している姿を見た。
わたしも心から
一生懸命誰かを応援したいと思った。

3月30日

やっぱり本屋好きだ。
ちょっと時間つぶしのつもりが
気付けば軽く2時間半。
いつものことだが
時間の早さにやっぱり驚く。

手にはたんまりの真新しい本。

当分の活力を抱えて
今日もまたニンマリと
慌てて待ち合わせの場所に急ぐ。

笑いながら重そうな紙袋下げて走って来る女。

今思った。
かなりこわい。な。

4月27日

いまは自分のためだけに時間をつかおうと思う。
人を傷つけておきながら
自分も落ちてたら世話無いわ。
どうにも先に進まんよ。
地団駄の時間は無いと思え。
自らの道を進み開くのだ。

いつかウチの庭に植えたい木

・白い桃の木

5月7日

好き　も　嫌い　も

ないね。

片一方の羽をめいっぱいのばして
もはや準備万端

なのに羽を持った当の本人は
その使い方を知らず
気付かず
勝手に時々もがいて
その片一方の羽で
ひたすらジャンプを繰り返す。

なにかとバランスの悪さがいいらしい。

たぶんそれが私たちの　棲む。

子はすごい！

こころから子を産みたいと思った。

成るべくしてじゃなきゃ
解らないことって
やっぱりあって。
「どうがんばってもわかんねーよ。」

子を産もうと思う。
育てたい。
育ててもらわなければならない。

子はすごい。
なんでも分かっちゃうのね。
最高ずるいな。お前たち。

5月5日

やっぱり現実から目を逸らしちゃだめだって。
だめになりそうになったのも現実。
そこから先に進む道を見つけられるのも現実。
現実から見つけないと　先に進まないのである。

「ふぅ〜。　　　　」

さあ　準備はできた。ゆっくり話をしようじゃないか。
認め合いを望む。

むきだしでかざり気のない
そのものに
包まれ

風のゆくままに身を委ねた
そしていつしか

言葉はなく

ゆりかご

My favorite 2

土が水を吸う
あの、
水が滲みてゆく
あの、
土に入ってゆく
あの、

音が好き。

蟻と

蟻と
遥かつづく先をみて思う。
ちっちゃいなぁ。
おれら。

私が変わらないものが好きな理由

安心感だ
それを見ると
感じると
安らぐのだ
落ち着くのだ

だから私はそれになりたい
そして
それが私の贅沢なのだ

私は変わらないものになりたい

簡単簡単ばかりをやってると
物事の本質にいつまでも
たどり着けないと思うの。
〈真夜中の料理番組より〉

そこに近付きたいと思ってます。
もう言い訳はいらないです。

2月13日

みないふりをして
考えないふりをして
生きてることとって
多いから

ふと
ホントのコトバ
に心臓が
チクンとする
今このころ

2月22日

足裏マッサージをした。

痛かった。

気絶するかと思うくらい痛かった。

たぶんチョットした。

いったいどこがそんなに痛んでるんだい！


「それってぇ〜どこですかぁ〜。」

「心臓ですねぇ〜。」

「…………。」

いつか
それがいらないもの
に入れられるのが
いやなだけ

いつか
ごみにしてしまう
のがいやなだけ

だったら
最初からいらない

もしかしたら
負けることを
選んだのかもしれない

そう
負けることを選んだ者もいる

三位一体

「負けないと強くならないですよねぇ。」

〈真夜中の格闘技より〉

プロポーション

やさしい心
それは誰もが持っている
底辺だ
当たり前よりもっと前へ　奥へ　そして　もっと広がりを
底辺ばかりじゃ
空間は生まれない

『幸せな王子』

自分にこの先何が起こって
その時何を思って
どう判断するのかは
さっぱり分からない。
でもその時になったなら
幾重にも重なった色んな色の中から
自分の好きな色くらい
選び出せる力だけは
残しておきたいと思った。

れんげ
ってもうないんですかねぇ。
ここんとこ　ずっと
なんだか
すごく

見たいんです。

……えっ

そのこじ開けない感じ

「開かないか。」
と思ったら
それを変形する

でなく
それを傷付ける
でもなく
静かに自分の腕を切る

であろう

そのこじ開けない感じ。

その精神的　品に
あなたのその　精神の品　に魅かれる。

共生をおもう

〈美ら海水族館にて〉

5月6日

やめたくなったこと？
あるよー。

嘘をつくのが嫌になったから。

嘘以上の嘘は
この目に映るすべてのものを霞ませる。

意外とちっちゃいんですよ。
たぶん脱いだらびっくりすると思います。

何がちっちゃい
とかじゃなく

です。

だから
やめて下さい。

解っているつもり
知っていたはずなのに

でもそのこころに
はたと
あらためて何かに気づき

また経験について
カンガエル

これから先　何と　出会えるだろうか

今はただただ
経験を体感したい
と思う

そして

考える人

考える。
ってことは
その先を超えなきゃ
考えた。
にはならないんだよ

考える人のままじゃ
退屈だろうと思ってさ。
つまらないだろうと思ってさ。
何かが
始まらないだろうと思ってさ。

哲学

思った。ことを
明確に
言葉にすること。

想像を
リアルに。
クリアに。

ある子供

さりげなく
指し示してほしいと思ってます
まだまだ自分一人で決めるのは恐いです

あくまでもさりげなくです

そしてさりげなく先手です
あとから言われても逆に腹を立てたりします

でもかまって欲しい気持ちは変わりません
やさしく温かく　そしてさりげなく
誘導してほしいのです

穏やかだった

その灯は
サッと
撫でて
過ぎた

その静に融かされ

一杯になって

最初の一滴となって
動いた

そしてまた始まる
さっきまでの時

ふりだしへ戻る

また
新しい１が
始まった

そんな
腫れ物触るような手じゃ
だめだよ
もっと感触がはっきり
伝わるまで
感じるまで

自分の手で
掴んだ感触は

苦しみも肌触りのよさも
確実なのだ

痛みも優しさも　だ

そうか
血生臭さ
も
必要らしい

生きるには

6月30日

またとべないハードルに
出会ってしまった。
いや
また気づいてしまったのだ。
とべないハードルが
有ることに。

飛べるのか
飛べないのかは
今はまだ分からない。

今度は
何を残すのかも。

中学の時
飛べる。と思って飛び込んだ
障害物の高さはもう憶えていない。
でも

肘から膝から
手のひらから
血が流れて
痛かったのは憶えている。
傷はなかなか治らなかった。
お風呂がやっぱり辛かった。
固まりかけた瘡蓋が
割れるたび
なんでこんな傷　負ってんだよ
と思ってた。

本当は……

飛べないかも。と思った。
そう思って走り出したことも
本当はちゃんと憶えている。

7月9日

残念ながら
たいした差はないね。
やるか、やらないか、
それだけだ。

それでほぼ決まる。

指揮する人

あれは贅沢なダンスだと思うね。

一人
大きく
大胆に
あれは　激しく贅沢なダンスだと思うね。

どんどん
すべてになって

思うまま
導かれるままに

導く者から
導かれた者へ

そして
共に誘う者たちへ

気持ち良さそうだ……。

今日は、
頑張ってる人に会えて良かった。
必死で向かってる人がいて良かった。
明日もまたがんばろう。
頑張ってくれてありがとう。

私はたくさんの頑張る人に助けられて生きている。

10月19日

あれを
凛々しいと言うのか
と思った。

その凛々しさは
恥ずかしい時も
怒りにも
悲しみにも
寂しさにも

すべてに
降り掛かっていた。

見送るほう

見送りたいと思った。

目を見てた

強くも弱くもない
目をみてた

見送られようと思った。

一つのことを追求しだすと
きりがなく、そして、
何かが降り掛からない限り
決して終わりは来ない。
だからある時、止《と》める決断を
しなければならないと思った。

ふと、
そんな時もあると思った。
勇気のいることだと思った。

伝わる時。
それは
その時の中で
一番シンプルになった時だと思う。

そして　一瞬だと思う。

花がみたい。
と思っていた。
帰り道、
家に帰る車の中。

夜だった。
家についた。
花が
あった。

そして次の日
色のある世界に
嬉しくなった。

あとがき

吐き捨てたはずの言葉はよりはっきりとした想いとなり
いつまでも私に居座り続けた。
どうしたらこの愛おしく
小憎たらしい執着から逃れられるのか……。

こんな思いもいつしか
何時と笑える頃。
誰にも見られないように
自分の手の中
ぎゅっと握りしめていなくても
安心して見ていられる頃……。

——解放。

その成長の遅さに気付きながらも
無駄な抵抗で
甘やかし続けた

私の心は
誰かに読んでもらって、世間にもまれ
ちょっとくらい、先に進めただろうか。

行ったり来たりじれったく
何が物足りないのかも分からない。
そんな時間にお付き合い頂きまして、ありがとうございました。

追伸／
誰かが思ってくれて
それがどんどん重なって。
そして
すべては
成長するものだと思う。

たくさんの
きっかけをくれたことばたちにありがとう。
たくさん
助けをくれたみなさんにありがとう。

永作博美（ながさくひろみ）

小学校低学年。毎日のように寄り道。何かに気を取られるとそれしか見えなくなるためひどく忘れものをする。その頃『忘れものの森』（文研文庫）を読む。それからというもの「物の気持ち」におびえる日々が続く。小5。競技大会で、3000メートルの選手になる。しかし、その日になって突然怖じ気づき仮病を使う。保健室へ。そのだめ具合に自分がほんとうに嫌になる。後の体育の時間。跳べなかった跳び箱（5段）が飛べる。そしたら、一気に全部（8段まで）跳べる。これが、いわゆる、私のデビューだと思う。その後もあらゆるデビューをくり返し、現在に至る。女優。

やうやう

2008年2月11日　初版第一刷発行

著　者　永作博美
装　幀　有山達也＋飯塚文子（アリヤマデザインストア）
編　集　大嶺洋子

発行人　孫　家邦
発行所　株式会社リトルモア
〒151・0051
東京都渋谷区千駄ヶ谷3・56・6
TEL：03・3401・1042
FAX：03・3401・1052
URL：www.littlemore.co.jp

印刷・製本　図書印刷株式会社

ISBN978-4-89815-230-0　C0093